JÚLIO EMÍLIO BRAZ

1ª edição – Campinas, 2022

"A vida não tem respostas fáceis. Tem até momentos bem difíceis. Mas nela sempre há uma ilha, um refúgio, uma brisa em que se agarrar para continuar sobrevivendo..."
(Júlio Emílio Braz)

Meu princípio eu faço pela lembrança dos que estavam por aqui quando cheguei. Um pouco, parte de meu pai; outro tanto, dos muitos tios, tias, primos e conhecidos. Uma imensidão saída da grande memória e do carinho de minha mãe.

Nasci às 7 da manhã de uma quinta-feira ensolarada, no dia 16 de abril de 1959. A cidade encolheu um pouco, mas ainda se chama Manhumirim e se encontra na Serra de Caparaó, nos limites entre Minas Gerais, onde fica, e o Espírito Santo.

Sou filho do Sebastião Braz, um talento futebolístico que não seguiu adiante e se ajeitou pela vida como mecânico, e da Geralda, uma mulher de extrema inteligência, que nunca recusou qualquer trabalho. Costurava, passava, limpava, cozinhava e, principalmente, lavava roupa para mais gente do que eu consigo me lembrar.

Minhas primeiras lembranças guardam vestígios de uma casa na beira de um rio e dos galhos de uma grande árvore que se estendiam por sobre a correnteza preguiçosa e barrenta, e onde, certa vez, fui atacado por marimbondos. Eu acompanhava meu pai e os amigos quando eles iam pescar e adorava ficar dentro d'água, apesar de até hoje não saber nadar.

No entanto, as lembranças mais nítidas são dos primeiros tempos no Rio de Janeiro.

Por volta dos 5 anos, comecei a perceber minha existência com mais desenvoltura e assombroso interesse. Nesses tempos, eu morava em uma das muitas favelas, hoje conhecida como Complexo da Maré, e ali ficaria por muito tempo.

Realmente houve uma época em que a vida era bem mais difícil e nem televisão nós tínhamos. Também não havia água encanada e, no princípio, sequer luz elétrica ou o direito de terra por baixo dos pés, pois morávamos numa palafita. Isso mesmo! Minha casa era um barraco que ficava em cima d'água.

Um tempo em que só havia uma possibilidade de enfrentar as dificuldades do dia a dia: a de sonhar. E foram os livros, não os que escrevo, mas os que chegavam às minhas mãos, que abriram as primeiras janelas para o mundo muito além do meu barraco e dos outros que se amontoavam de qualquer jeito à nossa volta. Minha mãe sempre dizia: "Pobre tem que ter pelo menos imaginação...".

Foi por intermédio de minha mãe que comecei a ir pelo mundo através das páginas dos livros que ela, às vezes, conseguia comprar para mim e para minha irmã. E de minha tia Geralda, que trazia da casa onde trabalhava livros que os patrões não queriam mais. Por essas e por outras, não é exagero dizer que o Júlio escritor é obra de duas Geraldas.

Nunca perguntei e, portanto, não sei se as duas Geraldas haviam ido à escola; mas, se foram, ficaram por pouco tempo — no caso da Geralda mãe, o tempo suficiente para aprender a escrever o nome (ou desenhar, como ela insistia em dizer).

"Tudo o que posso dar pra vocês é educação", dizia ela. E repetia sempre que eu e minha irmã não queríamos colocar o uniforme e ir à escola.

Meu pai não falava nessas coisas. Como eu já havia dito, ele jogava bola. Naqueles tempos, isso não enriquecia ninguém. Então, ele se virava como mecânico, trabalhando em empresas de ônibus, de onde trazia jornais que as pessoas esqueciam e que minha mãe usava para tapar os buracos nas paredes do nosso barraco.

Minha mãe não gostava de lá, pois as palafitas se equilibravam em cima d'água, o cheiro era insuportável. Ela reclamava, e se revoltava, quando apareciam ratos enormes que davam um baita susto na gente e cismavam de se ajeitar em nossa cama.

Que drama!

Dona Geralda tanto fez e reclamou que finalmente nos mudamos de lá, mas continuamos dentro da favela. Fomos para terra firme, é bem verdade, dentro do Parque União. E por algum tempo isso acalmou seu coração insatisfeito.

Um tempo aqui, outro ali. As mudanças eram constantes, provocadas pelo aumento do aluguel, pela perda de emprego de meu pai ou pelo dinheiro insuficiente de minha mãe. Porém nunca passamos fome. O fiado reinava em muitos lugares, mas o diferencial era sempre "a mãe da gente", como os comerciantes da favela se referiam a ela.

"Sua mãe é uma mulher muito trabalhadeira e honesta, menino. Você deve se orgulhar muito dela", disse Seu Abraão, o homem que vendia móveis pra gente, e outros tantos repetiam. Puxa, quase explodi de orgulho da mãe quando ouvi esse elogio pela primeira vez.

Minha mãe era de pouca conversa. Cara amarrada, séria, era lá bem enfezada e, quando se aborrecia, não tinha perdão. Geralmente a nota boa na escola era a troca justa pelos esforços que ela e o pai faziam para cuidar de nós.

De vez em quando a vida melhorava um pouco e até o Papai Noel aparecia. Os Natais eram sempre legais, com toda a família. Gente demais, que nunca ficava sem comer ou beber, graças à imaginação da mãe.

Uma vez ela até transformou uma loja, na rua Ari Leão, em casa. Moramos lá por quase dois anos. Ter "uma casa decente" era sua verdadeira obsessão. Para isso, ela inventava trabalho, buscava uma solução, lavava roupa, fazia faxina, salgados e até vendia picolé.

Dona Geralda chegou a nos levar para um barraco feito às pressas na Baixa do Sapateiro, outra favela vizinha. Um boato dizia que os barracos daquele lugar seriam removidos e todos ganhariam um apartamento no conjunto habitacional pertinho da escola onde eu estudava. Era tudo mentira! E, ao final de um belo dia de verão, uma chuva volumosa quase derrubou nosso barraco e encheu meu pai de preocupação.

No dia seguinte ele saiu bem cedinho e só voltou tarde da noite. Havia alugado uma casa linda em um bairro vizinho chamado Olaria. O nome da rua era Jandu, um ladeirão que ninguém aguentava, mas que suportávamos, pois finalmente era uma casa de tijolos.

Nossa felicidade durou pouco, pois meu pai perdeu novamente o emprego. O dinheiro que minha mãe ganhava não dava e o aluguel atrasou. Não teve jeito, voltamos para o Parque União.

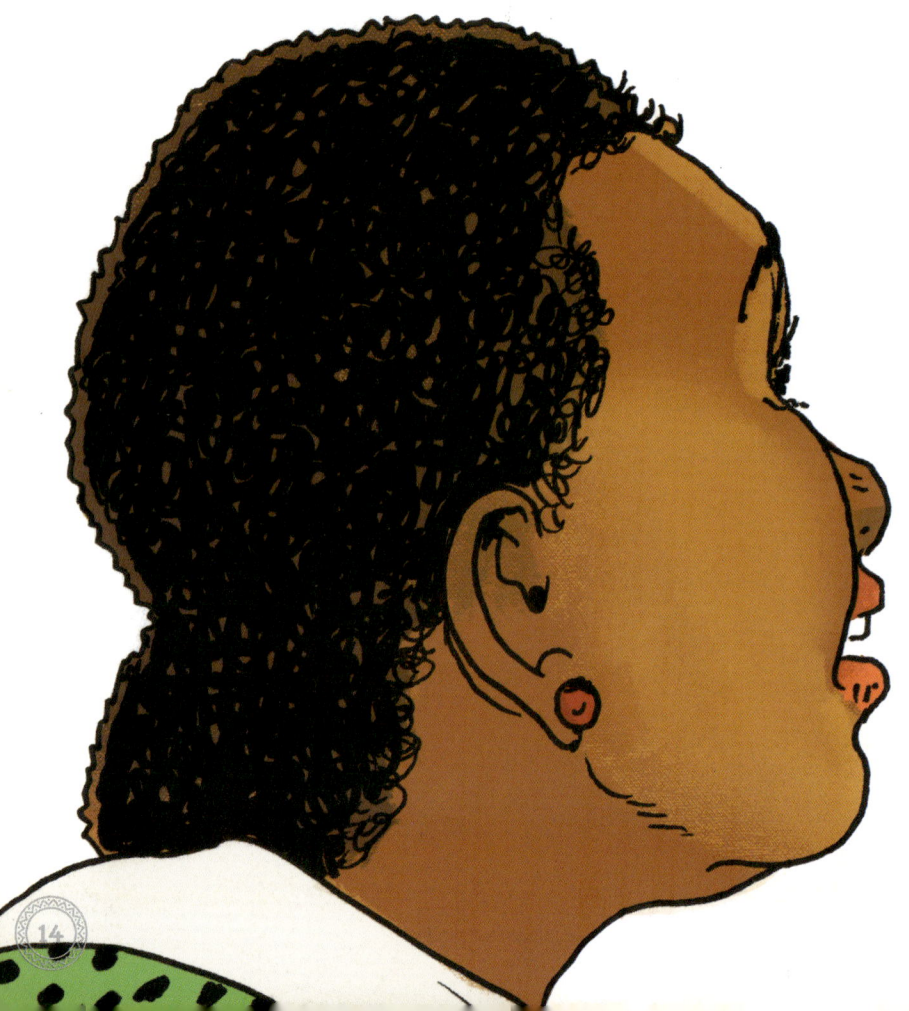

Pouco depois, meu pai nos surpreendeu e arranjou uma casa deslumbrante, a melhor em que já tínhamos morado, e, mais ainda, ficava dentro do bairro em uma vila. A rua era asfaltada, as casas em volta eram de tijolos e algumas tinham até jardim.

No mesmo instante, minha mãe desconfiou. Dito e feito! Na primeira chuva forte, descobrimos que tinha tanta goteira que melhor seria ficar do lado de fora do que dentro de casa.

Alugamos um novo barraco, dessa vez na Rua Emílio Zaluar — nome de um escritor português que morou no Brasil e escreveu histórias de ficção científica, como Júlio Verne e H. G. Wells, dois autores que eu gostava muito de ler.

Em seguida, vieram meus primeiros empregos. O dinheiro que recebia se transformava, pelo menos em parte, nos livros usados comprados na Praça das Nações e na Estação de Ramos.

Mesmo tendo na televisão muitos desenhos animados e seriados que eu adorava, os livros eram a minha grande paixão. As "Memórias de Um Cabo de Vassoura" e "O Homem Que Calculava" estariam entre os primeiros livros que li na vida até alcançar aqueles que seriam os meus favoritos: "A Ilha do Tesouro", "Os Três Mosqueteiros", "Vinte Mil Léguas Submarinas", "O Último dos Moicanos" e, finalmente, os do meu personagem preferido, Sherlock Holmes.

Eu tinha uns 10 anos quando li a primeira história com Sherlock Holmes e prometi que um dia iria à Inglaterra conhecer tudo sobre ele. Homem feito, fui a um museu em Londres, que fizeram só para ele.

Minha adolescência foi mágica e povoada por outros tantos autores com seus incríveis personagens. Foi quando ler se tornou uma forma de conviver com minha insaciável necessidade de saber, compreender e, por que não, ir para bem distante.

Eu colecionava todas as palavras que encontrava. Descobri que, como meus autores favoritos, eu também gostava de pôr histórias no papel. A grande necessidade de saber me levava a ser um poço de ansiedade, e a perguntar, perguntar, perguntar até enlouquecer as pessoas que estavam ao meu alcance...

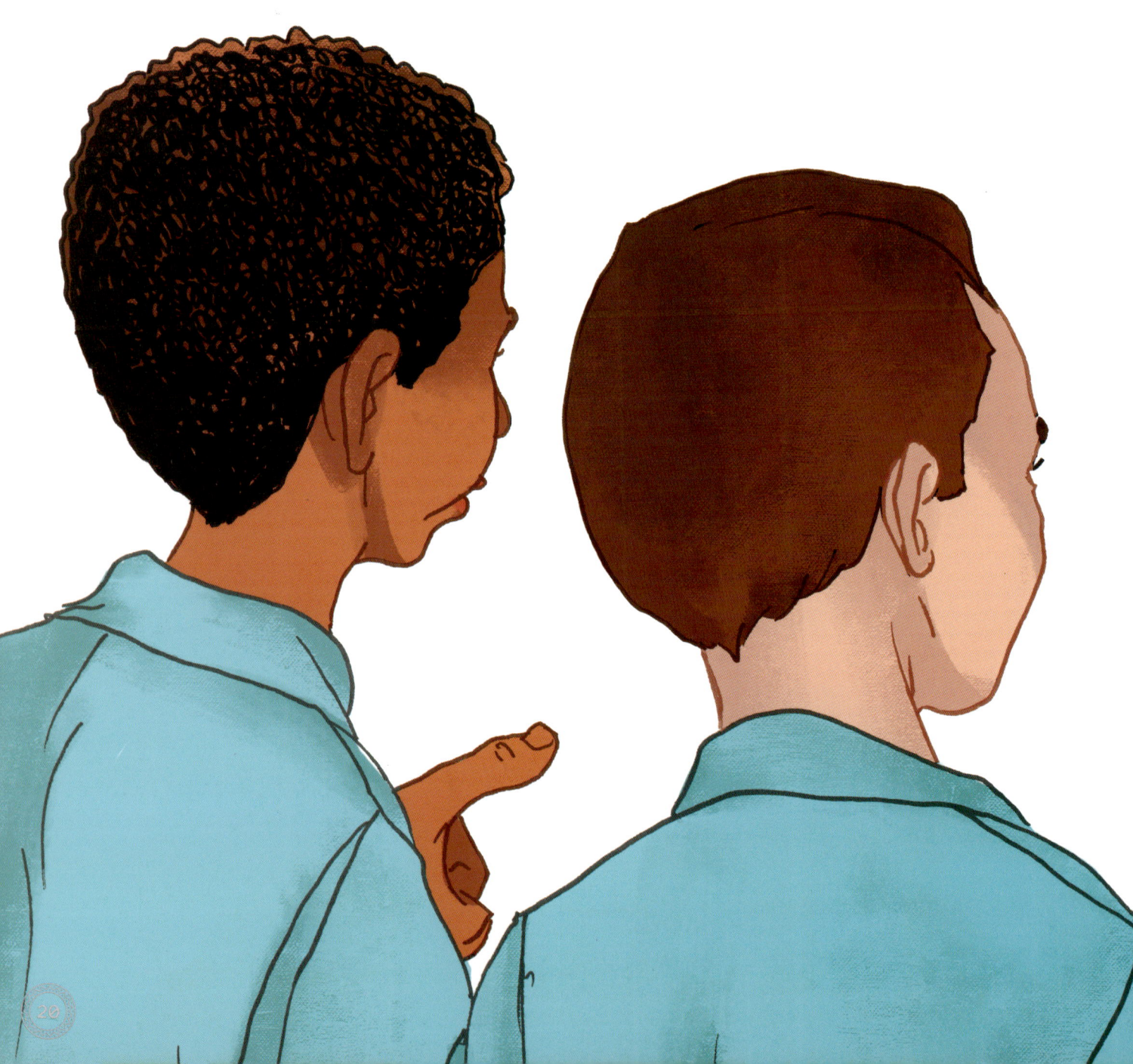

Às vezes, minha curiosidade nada mais era do que a necessidade de livrar-me das gozações de meus colegas por ser gordo, usar óculos, o último a ser escolhido para qualquer atividade esportiva, involuntário colecionador de apelidos desagradáveis e outras brincadeiras insuportáveis. Era disputado apenas quando se tratava de dar cola ou ser vítima da minha própria generosidade ao colocar os nomes de colegas em trabalhos que fizera sozinho.

Eu ganhava dinheiro vendendo jornais velhos, fazendo favores para um ou outro vizinho, ou, lá pelos idos do sétimo ou oitavo ano, fazendo redações. Eu adorava! Ganhava vários prêmios em concursos entre escolas. Foi uma dessas redações que me rendeu o quarto lugar e quatro mil cruzeiros, o que me permitiu comprar minha primeira máquina de escrever.

Aos 15 anos eu era bem diferente do menino que aos 12 rabiscava seus primeiros poemas depois de uma decepção amorosa. Me enchi de coragem e mandei para um editor uma história policial que escrevi em dois cadernos. Foi a primeira de muitas recusas, mas a mais importante. Dessa vez alguém diferente, nem amigo, nem professor e muito menos parente, me dizia que, apesar de estar ainda um pouco "verde", com algum esforço eu teria todos os elementos para ter um livro publicado. Naquele dia eu nasci novamente. Descobri a possibilidade de ser um escritor.

Mais de cinco anos se passaram. Fui *office boy*, trabalhei em supermercado e cheguei a ser auxiliar de Contabilidade. Tinha deixado de lado a ideia de ser escritor quando, por acaso, tudo aconteceu.

Depois de perder o emprego e ser obrigado a largar a faculdade (onde eu estudava para ser professor de História), um amigo do meu irmão Marcelo, que trabalhava em uma editora, apareceu com a sugestão de eu ir até lá.

Meu pai se fora e minha mãe me promovera a "homem da casa". Desempregado, eu não podia ajudar com as despesas. Marchei para a editora cheio de expectativas. Rapidamente a pasta que eu levava transbordando de certezas esvaziou-se, pois nenhuma das minhas ideias se encaixavam em suas publicações de terror. Com grande generosidade o editor disse que, se eu concordasse em fazer alterações, um dos meus personagens poderia ser aproveitado em suas revistas. Seria uma única edição em fevereiro de 1981. No entanto, tudo tomou um rumo diferente quando "Jesuíno Boamorte" se tornou a história preferida dos leitores. O editor pediu logo uma continuação e eu passei a entregar novos textos.

Escrevi para outras tantas revistas, principalmente nas cidades de São Paulo e Curitiba. Dois anos mais tarde, criei um personagem de bangue-bangue chamado "Cyprus Hook" em parceria com o desenhista Antonino Homobono. Logo depois, eu usaria o primeiro de meus quase 40 pseudônimos, Jonathan Fox, e publicaria algo em torno de 400 livros de bolso de bangue-bangue.

Apesar de ser um trabalho cansativo e que exigia muita pesquisa, foi uma das melhores experiências literárias da minha vida. Eu era obrigado a escrever muitos livros durante o mês, entre dez e doze. Tinha um filho pequeno, a vida era dura, a grana pouca e, em mais de uma ocasião, cheguei a questionar se estava fazendo a coisa certa.

Com meu primeiro infantojuvenil, "Saguairu", ganhei o "Prêmio Jabuti", de Autor Revelação, em 1989. "Saguairu" nasceu em uma viagem para São Paulo por encomenda de uma importante editora. Ao voltar para casa, tive seis horas de viagem de ônibus para encontrar uma história e colocar no papel. Quando desembarquei na rodoviária no Rio de Janeiro, a ideia estava pronta.

Eu tinha umas anotações sobre animais brasileiros ameaçados de extinção e estava encantado com o lobo-guará. Assim, nasceu o livro "Saguairu", que escrevi em quatro dias. O prêmio me ajudou imensamente e me animou a abandonar progressivamente os quadrinhos e até uma quase carreira televisiva (entre 1990 e 1991 eu escrevi *sketches* de humor para o programa "Os Trapalhões"), para me dedicar aos livros para crianças e adolescentes.

Tenho o costume de anotar ideias e títulos para novos livros. Não sei começar uma história sem lhe conferir um título. Tudo é anotado em blocos e cadernos que carrego para onde quer que eu vá em mochilas, bolsas, até sacolas de supermercados, sempre acompanhados de pelo menos três canetas. Uma pode até falhar, mas as três só se eu tiver muito azar.

Mais de 170 livros vieram, e com eles publicações e até premiações em outros países: "Crianças na Escuridão" tem edições em espanhol, italiano, inglês e alemão, e foi premiado na Áustria, na Suíça e na Alemanha; "Saguairu" tem suas publicações em espanhol e alemão também. Outras obras foram publicadas em dinamarquês e vlamish.

No entanto, nem os prêmios nem as publicações no exterior são o mais importante para mim. O melhor dessa aventura é quando acordo e abro os olhos para todo um pequeno universo de histórias por escrever. Eu sou indescritivelmente feliz quando marcho ao encontro de novos leitores ou reencontro antigos que se lembram de mim e dos meus livros. Muitos guardam minhas humildes histórias, se não em uma bela estante, em um espaço privilegiado de sua memória ou de seu coração.

Posso querer mais? Claro que não!

Querido leitor,

A editora MOSTARDA é a concretização de um sonho. Fazemos parte da segunda geração de uma família dedicada aos livros. A escolha do nome da editora tem origem no que a semente da mostarda representa: é a menor semente da cadeia dos grãos, mas se transforma na maior de todas as hortaliças. Assim, nossa meta é fazer da editora uma grande e importante difusora do livro, e que nessa trajetória possamos mudar a vida das pessoas. Esse é o nosso ideal.

As primeiras obras da editora MOSTARDA chegam com a coleção BLACK POWER, nome do movimento pelos direitos do povo negro ocorrido nos EUA nas décadas de 1960 e 1970, luta que, infelizmente, ainda é necessária nos dias de hoje em diversos países. Sempre nos sensibilizamos com essa discussão, mas o ponto de partida para a criação da coleção ocorreu quando soubemos que dois de nossos colaboradores já haviam sido vítimas de racismo.

Acreditando no poder dos livros como força transformadora, a coleção BLACK POWER apresenta biografias de personalidades negras que são exemplos para as novas gerações. As histórias mostram que esses grandes intelectuais fizeram e fazem a diferença.

Os autores da coleção, todos ligados às áreas da educação e das letras, pesquisaram os fatos históricos para criar textos inspiradores e de leitura prazerosa. Seguindo o ideal da editora, acreditam que o conhecimento é capaz de desconstruir preconceitos e abrir as portas do pensamento rumo a uma sociedade mais justa.

Pedro Mezette
CEO Founder
Editora Mostarda

EDITORA MOSTARDA
www.editoramostarda.com.br
Instagram: @editoramostarda

© Júlio Emílio Braz, 2021

Direção:	Fabiana Therense
	Pedro Mezette
Coordenação:	Andressa Maltese
Produção:	A&A Studio de Criação
Texto:	Fabiano Ormaneze
	Francisco Lima Neto
	Júlio Emílio Braz
	Maria Julia Maltese
	Orlando Nilha
	Rodrigo Luis
Revisão:	Elisandra Pereira
	Marcelo Montoza
	Nilce Bechara
Ilustração:	Eduardo Vetillo
	Henrique S. Pereira
	Kako Rodrigues
	Leonardo Malavazzi
	Lucas Coutinho

Dados Internacionais de Catalogação na Publicação (CIP)
(Câmara Brasileira do Livro, SP, Brasil)

Braz, Júlio Emílio
  Júlio : Júlio Emílio Braz / Júlio Emílio Braz. --
1. ed. -- Campinas, SP : Editora Mostarda, 2022.

  ISBN 978-65-88183-25-0

  1. Biografias - Literatura infantojuvenil 2. Braz,
Júlio Emilio, 1959- 3. Escritores brasileiros -
Autobiografia 4. Jovens negros - Brasil 5. Negros na
literatura I. Título.

21-88016   CDD-028.5

Índices para catálogo sistemático:

1. Júlio Emílio Braz : Autobiografia : Literatura
   infantojuvenil   028.5
2. Júlio Emílio Braz : Autobiografia : Literatura
   juvenil   028.5

Eliete Marques da Silva - Bibliotecária - CRB-8/9380

Nota: Os profissionais que trabalharam neste livro pesquisaram e compararam diversas fontes numa tentativa de retratar os fatos como eles aconteceram na vida real. Ainda assim, trata-se de uma versão adaptada para o público infantojuvenil que se atém aos eventos e personagens principais.